阿汤 和 黑黑堡

[芬]安迪·萨日尼奥 著

逝水兰钧 译

古吴轩出版社

中国·苏州

图书在版编目（ＣＩＰ）数据

阿培黎和黑黑堡 / (芬) 安迪·萨日尼奥著；逝水
兰钧译. —苏州：古吴轩出版社，2018.3
　　ISBN 978-7-5546-1135-7

Ⅰ.①阿… Ⅱ.①安…②逝… Ⅲ.①童话—芬兰现
代 Ⅳ.①I531.88

中国版本图书馆CIP数据核字（2018）第056556号

Aavepoika Aapeli & Mörkölinna
© Antti Saarnio 2016
Kuvitus: © Cata Ahlbäck 2016
Haamu Kustannus, Vaasa 2016　haamukustannus.com
ISBN 978-952-7100-18-9
Painotalo Printon Tallinna 2016

责任编辑：蒋丽华
见习编辑：顾　熙
策　　划：苏　醒　张意妮
装帧设计：余晓琛
内文插画：〔芬〕卡特·阿赫尔柏珂

书　　名：阿培黎和黑黑堡
著　　者：〔芬〕安迪·萨日尼奥
译　　者：逝水兰钧
出版发行：古吴轩出版社
　　　　　　地址：苏州市十梓街458号　　　　邮编：215006
　　　　　　Http：// www.guwuxuancbs.com　　E-mail：gwxcbs@126.com
　　　　　　电话：0512-65233679　　　　　　传真：0512-65220750
出 版 人：钱经纬
经　　销：新华书店
印　　刷：北京富泰印刷有限责任公司
开　　本：900×1270　1/32
印　　张：3
版　　次：2018年3月第1版　第1次印刷
书　　号：ISBN 978-7-5546-1135-7
著作权合同
登 记 号：图字10-2018-050
定　　价：28.00元

如发现印装质量问题，影响阅读，请与印刷厂联系调换。010-62472358

作者简介

安迪·萨日尼奥（Antti Saarnio）

安迪·萨日尼奥（Antti Saarnio）是一名退休教师，也是一名作家，写作了五十多年，已出版不少教育学书籍、海洋考古学书籍、系列短篇小说集，还有一本歌曲集。

三十多年前，安迪就开始创作自己的睡前故事集，直至今日，他的孩子们都还很喜欢这些故事。

睡前故事集一共四本，分别为《小幽灵阿培黎和格鲁克城堡》《古堡幽灵菲乐蒙》《菲乐蒙的一家》和《回家》，描述的是与人类生活截然不同的冥灵生活。这些书给我们讲述了关于成长、离家、自信和进取的故事。

本书内容出自《小幽灵阿培黎和格鲁克城堡》，主线是描写一个来自乡下的小幽灵追逐梦想，成为古堡幽灵的进取过程。阿培黎经过一系列探险之后，最终回家见到了父母，并向他们讲述了这些奇幻的经历；他的父母曾经百般劝阻小幽灵离家外出探险。

《古堡幽灵菲乐蒙》《菲乐蒙的一家》和《回家》是专门针对成年读者创作的冥灵家族故事。

译者简介

逝水兰钧，原名付月姝，出生于重庆市，自幼喜欢文学。后随母在北京、芬兰赫尔辛基生活，学习瑞典语五年、芬兰语三年，现居于赫尔辛基。

本书是译者的翻译处女作。

目 录

001 / 阿培黎

行者艾那瑞 / 006

009 / 寻梦

开始冒险 / 015

018 / 猫头鹰与驼鹿

当头一击 / 022

026 / 登峰

古怪的城堡 / 030

033 / 讥讽

囚徒 / 041

046 / 黑黑汁

逃离计划 / 050

053 / 秘密牢犯

梅斯博士 / 058

061 / 城堡旧事

偷取"忆影散" / 065

068 / 追捕

梅斯的回忆 / 072

076 / 解药

黑暗的秘密 / 080

083 / 久违的光亮

阿培黎

在荒无人烟的世界边陲，一条映照着天空中闪耀星子的小河旁，有个模模糊糊的黑影正执竿垂钓。

如果路人恰巧看到，多半会吓得逃跑，无法注意到坐在他身侧的小影子——好在，没有活人会跑去那种地方。

大个的是马尔提大叔，旁边是他的孩子阿培黎——他们都是冥灵，大多数天性质朴、敦厚，不是生者亡故后于人世徘徊不散的残魂，而是天地灵气凝聚而成；他们同样不是纯净的精灵，体内仍有少许浊气。

阿培黎很享受与父亲一起钓鱼，尽管有一点点害怕。

住在妖妖堡的冥灵多少都会害怕，尤其年龄小些的——他们害怕生人，他们从来无法确信所有人类都已入睡。

马尔提垂钓时，阿培黎就在旁边放哨，注意四周有没有人来。

"爸爸，你不是说过，就算真有人来，你施个不伤人的小咒，也一定能让他们发现不了我们吗？"阿培黎眨巴着眼睛望向马尔提。

他眼里盛满对父亲的信任，一边无意识地用手指逗玩着河畔一丛丛茵褥似的露草。

如果是独自一人，阿培黎是绝对不敢出来钓鱼的。

"不施咒也不会让他们看到。"水位正上涨，马尔提像往常一样回答。

“想不想来钓呀？我教你怎么钓。你看月光溢过小桥，趟上河面——水里就有座'月亮桥'呢。”马尔提转开话头，优哉游哉地闲扯。

这时，水流上下翻滚，鱼线猛然绷紧。水面绽开许多细小涟漪，起先映出的“月亮桥”被它们揉得皱皱巴巴。

从阿培黎那儿看去，这景象颇为新奇、好看，毕竟这是他第一次见到“月亮桥”。

马尔提一边挥竿收鱼，一边唱起他自编的渔歌：

当我们水面垂钓，
就不能没有鱼竿。
岁月像球儿一样滚过，
啦……啦……
小刺猬身上的皮毛……

阿培黎想，父亲的歌真滑稽，东拉西扯一堆不相干的东西。每次钓鱼，马尔提还会把歌中唱到的动物名字改一下，总归都是些他估摸着会吃或欺负鱼儿的。阿培黎从歌中学到许多动物名，比如，猫咪、小狗、狐狸、獾、大熊、貉子、大灰狼和鸟群。有时，其中的某种动物会在他们附近转悠，马尔提觉得它们是觊觎自己钓到的鱼。

对了，阿培黎与他的妈妈丽萨和爸爸马尔提，一起住在妖妖堡辖区内一处荒废已久、人烟稀少的临湖农庄。

妖妖堡里的冥灵生活状态简单、直白、朴素。

钓鱼之外，马尔提还喜欢修理栏杆和维护仓库。做这类工作时，他可是专家级的木工和雕匠。丽萨则负责制作给家里人喝的符合冥灵特殊口味的饮品；缝纫日常必备的毛毯、被子——只有住在妖妖堡的冥灵才能看到它们，对外来者而言，它们都是隐形的。

阿培黎轮换着在父母身边帮忙，同时学习生活在妖妖堡所需的日常生活技能。

全家共享的生活乐趣除了捉老鼠，还有吃蒲公英酱烧的烙饼。

还有，小时候阿培黎最喜欢玩扮活人的游戏。他把稻草塞进捡来的布衣里，弄成人形钻进去，再戴一顶老年人的帽子，挂着木杖，"笃，笃，笃"，边上楼梯边喊：

"啊哈，这里有人过来了！"

马尔提和丽萨就会一溜烟钻进橱柜并尖叫：

"救命哪，有人来这边了！"

当阿培黎拉开柜门时，丽萨紧抱双臂，蜷着身子，然后大家就一起大声笑起来。

至于马尔提和丽萨是不是真的那么害怕呢？长大些后，阿培黎也已经明白了。

行者艾那瑞

阿培黎极喜欢马尔提在清晨把人的故事当睡前童话讲给他听——他们只在夜晚活动，白天全家就一起睡觉。

起初，马尔提都会卖个小小的关子，像窄窄的几束阳光穿过某个缝隙，让人无法窥得全貌。当他发现带一丝恐怖气息的氛围差不多酝酿好的时候，他才会慢慢讲述那些精彩刺激人的故事。

故事结束后，阿培黎常常吓得紧紧抱住马尔提的身子，一会儿之后，又不知不觉地睡着了。

最让阿培黎兴奋的，是爷爷艾那瑞每次路过在家里停脚休息的时刻。在妖妖堡，大家习惯称他为"行者艾那瑞"，因为他从不在任何一个地方停留过久，长期在外游荡、漂泊。

艾那瑞来访，一般都会坐下，一边吸啜着丽萨做的饮料，一边讲他在外面的见闻。

阿培黎就坐在地毯上一声不吭地听着，把爷爷说的每一个字都记在心上。

讲到辉煌壮丽的城堡和宫殿冥灵的故事时，他常猛吸一口气，控制不住地在脑海里一遍又一遍描摹那些细节，浮想联翩：他们开始玩新游戏了——那些宫殿冥灵在灌木与盆栽间穿梭游弋，醉心于园艺……这就是他们玩的吧。呃，爷爷还说他们喜欢玩……

马尔提终于发现阿培黎的异常，惊讶地问他怎么了。

"我将来也会由妖妖堡的小家伙长成一名尊贵、伟大的宫殿冥灵。"阿培黎吹嘘起来。

"嘻，你爷爷说的是瞎编的疯话，要是引出些你的痴心妄想倒也正常。"马尔提拍拍阿培黎的脑袋，"闹着玩没事，清楚自己真正要干什么才是最重要的。"

冥灵和人类一样有很多种，也一样能够学习知识、不断发展，妖妖堡的他们只是其中很小的一部分。

他们有时在地上行走，有时在空中飞行，无色无形，像空气一样与这个世界融为一体。他们自己称这是"极度透明"——能够无障碍地穿过几乎所有的物体。

另一种状态叫"强壮如山"，是指冥灵能够抬起物体并工作，即便他们没有可触碰的实体。

他们还能在隐形与可见之间切换——但是，宫殿冥灵做不到这种切换，尽管他们是世上极其稀有、高贵的冥灵。这一点，阿培黎当时并不知道。

他的思绪依然被爷爷描绘的宫殿冥灵们美好优雅的生活图景占据着。

寻梦

　　时光飞逝，阿培黎静静地成长，学习日常必备的生活技能，但成为宫殿冥灵的美梦还未曾淡忘。

　　马尔提和丽萨想着，阿培黎正处在逐渐走向成熟独立的年龄，就没有过多干涉。

　　晚上他总一个人坐着，思考着什么，不时喃喃自语。即便他们问起，阿培黎也只转过身去，目凝远方。

　　当阿培黎开始废寝忘食，一天到晚神神道道的时候，他们好奇起来，到底是什么让他如此困扰？

　　"小孩子都这样，过几天就好了。"丽萨对马尔提说。她想不出更好的解释。

　　"没错，必须迈过开头那道坎，大家年轻时都经历过的。"马尔提持同样观点，"不过我敢说，就是我父亲讲的什么宫殿冥灵之类的事，还在他的小脑瓜里搅和着。唉，白犯傻，脑袋里的，旁人取不出来，又帮不了他！没事，再观察一段时间。智慧之光会来临的，总有一天，他得把那些奇思怪想扔一边去。"

但是，马尔提的希望落空了。

一天晚上，阿培黎认为自己的想法已经足够成熟，从最初的萌动到生根发芽，早就变成了一棵参天大树。一家人吃饭时，他鼓起自己所有的勇气，蹦到桌子上，表情坚定、斩钉截铁地宣布："我要去外面闯闯！我一定要成为一名宫殿冥灵！"

马尔提和丽萨备感无奈。

"小孩子家家的别犯浑，闲得没事发什么疯？自己理智些处理情绪！你也不想想，离开家你还能去什么地方？在家里住得不舒服吗？"丽萨用接近吼叫的声音劝告，"再说，外面潜伏着各种各样数不清的危险。"

马尔提也劝他："你妈妈说得对，你当不了宫殿冥灵！不要只图一时痛快，有些事还不是你这小孩子能理解的。"马尔提非常严肃："现在我们就摊开说清楚，这种事不会发生，绝对不可能，相信我！"

阿培黎只觉厌烦："你们有谁出过妖妖堡？你们知道外面的世界是什么样子吗？你们见过真正的宫殿冥灵吗？哼！"

马尔提和丽萨一时答不上来。阿培黎接着说道："路上我得带些长布单罩着身子。妈妈，你给我做，要不然，我现在这副样子铁定不招外人待见。"

马尔提仍在努力说服阿培黎。

他竭力在脑海里搜刮，希望琢磨出能让突然任性起来的阿培黎满意的、简单实际些的目标。

突然，他灵机一动："这样吧，妖妖堡废旧矿坑那边有栋办公楼，没准挺适合你。我可以跟你一起先去看看，帮你找份差事，引个路。那样的话，过段时间你就可以自给自足。一步一步来，到时候再出妖妖堡闯荡也还来得及。”

"我不去矿坑！"阿培黎恼火地叫，"那里的衣服、布匹那样差，上下搓着还会起毛边。"

"那里只有糟糕的旧房子，房屋上总有一层黑乎乎的炭灰。城堡根本不是那个样子的！"阿培黎怒目圆睁，用力地说。

一瞬间，马尔提有种莫名的恐惧感——因为极度担心自己珍重万分的人才会有的那种恐惧感。

"你现在就非城堡、宫殿不去了吗？我们一家人在一起过日子多好。你也知道，大多数小冥灵都是这样平平淡淡长大的。憧憬奇迹没有错，迷恋高贵美好的宫殿冥灵也不是不可以，可你突然提出这种要求，出去没有奔头地乱找也不是个法子呀！"

阿培黎一声不吭。马尔提继续说道："矿坑不行，大农庄那边怎么样？记得艾那瑞以前讲过的农庄里绅士们的生活吗？在那你也一定会成长为一个有担当的男子汉的。下次问问你爷爷，只要他一来，就让他带你去找个合适的农庄。"

"永远不要！"阿培黎喊道，"爷爷说过的，农庄里住的那些人和冥灵做足了表面功夫，显得他们很有资本，很有地位，实则内心空虚、好吃懒做。你们也不想我待在那样的地方吧。那里没有一个夜晚或白天是宁静安详的。爸爸妈妈，相信我吧，我会成为一名宫殿冥灵。"

马尔提与丽萨无奈地看着中邪似的阿培黎。

"我在城堡安稳下来后，就把你们接过去，让你们也看看，你们的儿子已经成为了不起的人物。"

不管马尔提和丽萨怎样劝说，阿培黎都是一副心意已决的样子。

争论结束时，他掷地有声地说："等我找到城堡，成为宫殿冥灵，一切都会好起来的。"

"你找的东西太远啦。算了算了，说不过你，留得住你的人也留不住你的心。"马尔提语重心长，忍不住叹气，"出门后，一定要记准回家的路——总有一天你会明白，你是无法成为宫殿冥灵的。早点上床休息吧，我们给你准备包袱。"

　　阿培黎离开的那天，不曾留心父母的殷殷嘱咐，一边头也不回地大步向前走，一边还在为跟他们争执而生闷气：你们不相信，我就偏要做给你们看！

开始冒险

　　阿培黎路过农场和小溪的尽头，回头看，家中的栅栏已是影影绰绰，更远的地方他还从未去过。

　　他挎着个小包袱，里面放着丽萨新做的一些编织

物，头上戴着丽萨手织的帽子。

当他还在家时，每回穿着睡衣远眺，看不清楚的天之尽头，在他看来总有种超越时间的空旷寂寥。他不太清楚，这究竟意味着什么。

上路时，他满怀叛逆和一往无前、无所畏惧的盲目乐观，但随着离家越来越远，阿培黎积攒的勇气逐渐消失，并且，离黑黝黝的森林越近，这种感觉越明显。

想想看，宫殿从哪里开始找呢？嗯——没有头绪。阿培黎先沿着一条小路走，可小路很快隐没了踪迹，绵延不绝的是夜色下昏暗阴郁的树林。

起初，他无声地往前飞着，飞得实在累时，他开始步行前进。

待到太阳要冲出云层，他累得浑身发麻，终于意识到，树林里没有可以落脚睡觉的地方。

不管你是宫殿冥灵，还是普通冥灵，被阳光照到都会疼痛难耐，犹如万箭穿心。

阿培黎灵机一动，顺着高大的栎树树干忍痛滑到树荫下最暗的地方。可那里还没有家中卧室的一半黑，有不少阳光从枝叶交错的缝隙漏下。

离开家后，阿培黎时不时会有消极的念头涌上来，可一旦想起父母以前对自己的关怀，他幻想着有一天能接他们到宫殿里去住，就越发不愿放弃。

这一天，总是一觉睡到醒的阿培黎反常地难以入睡。对成为宫殿冥灵的渴望和对莫测未来的恐惧在他脑中反复交战。而且，父亲从不骗他，他多少有些害怕父母说的会是真的，就是他无论如何都当不成宫殿冥灵。

他还想起，家里卧室的房顶是如何建成的。当初，一家人费了很大劲才让雨水和阳光都无法透过屋顶与栅栏；还有，他如何与母亲一起将房子里潮湿、腐烂的小洞修补上；如何制作形状好看的烤模和杯子来盛放食物、饮料。对了，最初也是母亲教会他正确处理家中的蜘蛛网，要善待蜘蛛，在它们建造新家时，不能弄破它们的家……

母亲也从不骗他的。

很多念头在脑海中徘徊，一直到下午他都没有睡着，黄昏时才进入了梦乡。

晚上起床，阿培黎筋疲力尽，不想动，不想思考任何事。

可他还是决定继续走下去。

猫头鹰与驼鹿

许多个夜晚过去了，城堡没能找到。

森林、不易察觉的水洼和岩石，还有惊恐。这些已经足够让阿培黎幡然醒悟，原来世界真的比他想象中要大。

一天早晨，飞行了一整晚后，阿培黎累得昏昏欲睡，一个长相奇怪、站在某个树洞里的小动物蓦地进入他的视线。

"咕——咕——咕！"它向阿培黎打招呼，脑袋圆滚滚的，轻轻地歪着。

"咕，咕。"阿培黎羞赧地小声回应。

"你是一只猫头鹰吗？"它问。它以为他是猫头鹰。

对，他想起来，似乎，那脑袋圆滚滚的家伙自己才是一只猫头鹰。

"啊，呃，不……不……我是冥灵！"阿培黎感到不自在，语气中带点警戒。

"不要说谎！你绝对不是冥灵。爷爷说过，冥灵是白色的。"

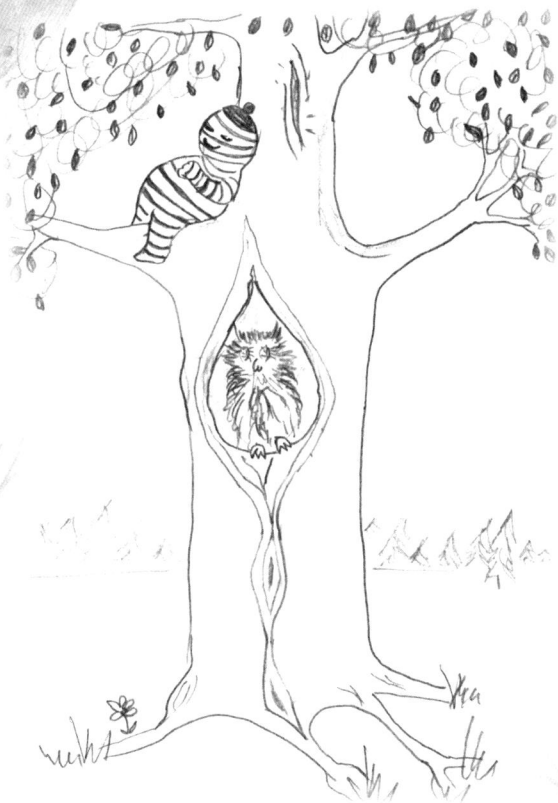

阿培黎只得告诉它，冥灵有时喜欢把白布单罩在身

上，于是看起来是白色的。他从包袱中取出布单给它看。接着，他诚恳有礼地请求猫头鹰，允许自己睡在那棵树上。

"如果你不打鼾的话……我喜欢安静。"猫头鹰表示。

"冥灵不需要呼吸，又哪里会打鼾呢？"阿培黎睡眼惺忪地喃喃自语。话音刚落，他已经睡着了。

傍晚红日西斜，他准备出发。猫头鹰在背后喊：

"喂，等一等，你要去哪里？"

"我在寻找宫殿、城堡。"

"不在那个方向，这边才是——"猫头鹰翅膀一挥，为他指路。

阿培黎兴奋不已，向猫头鹰道过谢，拖着因跋涉已久而深感疲惫的身子，朝那个方向坚定地走去。

当晚，小小的阿培黎端坐在一处陌生的溪水畔休息。月华融融。他好奇地审视如镜般的溪面上自己的影像，想象着高贵的宫殿冥灵们欣赏风景时是否也会摆出这种静雅的姿势。

水面无半点涟漪，他的影子飘忽摇摆，晃眼看去像一条蓝白相间的水带，嵌着一双黑色的眼睛、两瓣黑色的嘴唇，头顶歪歪斜斜戴着丽萨织的帽子。

水面突然覆上一层阴影。

阿培黎来不及四处张望，惊得闪到一边，手忙脚乱地收拾包袱。

"不好意思，没有吓到你吧，小家伙？"一只驼鹿跑过来温和地道歉。它个子很大，一过来就把溪面上阿培黎的倒影挡住了。

"冥灵不会被吓到，只有我们会吓别人一大跳的。"阿培黎逞强。

承认自己为这点小事就受到惊吓，也太尴尬、太丢脸了。他想。

他试图让自己的声音听起来更勇敢些："我在寻找宫殿、城堡。看着吧，我会是一名宫殿冥灵。"

驼鹿对这些丝毫不感兴趣，语气平淡地回答："那座山背后就有一座华丽的城堡，但我不是去那里。那里有人专门制造枪支弹药。"

阿培黎正想问它什么是枪支弹药，驼鹿却已朝相反的方向扬蹄而去。

当头一击

清晨，刚刚躺下，阿培黎就听到有人交谈的声音。

接着，沉重的脚步声向他靠近。

他迅速收拾好包袱，将自己隐形，滑到栖身的大树背后。

手持斧锯靠近的人，像是才从农庄里出来。

这是阿培黎记事之后第一次见到人类。他十分紧张，想要尽快脱身。慌乱中他环顾四周，注意到一个小仓库。

与那人擦身而过的瞬间，他切换到"极度透明"状态，纵身穿过仓库大门。

本以为这里是农家用来堆放杂物的地方，没想到里面堆放的全是土豆。他放下包袱，想象着这会儿家人都在干些什么。快睡着时，阿培黎顺手抓了个土豆，没扒皮就几口咽下去。因为没洗过，上面还有沙子，味道极其差劲。阿培黎不明白，自己为什么吃那个土豆。

照理，冥灵从不吃土豆。

也许，自己只是有点想家。那又为什么要吃土豆呢？他不知道。

阿培黎打算在仓库里睡觉。不巧，这家人负责烹煮的主妇正要来仓库。

"得去仓库取几个土豆。"她一边走，一边自言自语。

陈旧的木门被打开时"吱吱呀呀"叫着。烈日当头，阳光全涌进来，门口堵着一位身材壮硕的妇人。

阿培黎"噌"地站起来，惊慌失措中壮着胆子低吼了几声，想把妇人吓走："呼——呼——呼！"

妇人甩下手中的筐子，粗大的身躯爆发出尖叫："救命呀，仓库里有冥灵，救命！赶快来个人把他赶走！"

她的声音立即传遍整个农庄。

男主人不相信："老东西，别在这儿胡说八道！"他嘟哝着抱怨，顺手拿起斜倚在墙边的猎枪，随后压低声音："我来看看。"

阿培黎急得在原地转了好几圈。门外，男主人已持枪冲入。

"呼——！"阿培黎想让自己的声音听起来更具威胁性。

接着，有子弹击中阿培黎的头部。

子弹穿过他的身体，嵌进墙壁，久未打扫的仓库扬起一片浓重的烟尘。

好在子弹伤不到没有实体的冥灵。

男主人见他中弹后毫发无损，心生畏惧，匆忙跑开。

阿培黎心疼地看着出门前母亲特地给他织的罩衣，上面被子弹贯穿的破洞还有一丝余温。他将罩衣收进包袄，悄悄地飘离了仓库。

　　满肚子烦恼的阿培黎光着身子，冒着滚烫灼热的日光，跌跌撞撞地离开了农庄。如果，他不能够找到一个哪怕只有一点点水源的洞穴，情形会更加糟糕。这个当口，躲开日光比什么都要紧。

　　哦，也许我真的应该听爸妈的。独自出门在外的确艰难异常。

　　哦，今晚我就启程回家……

　　他还来不及有更完整的念头，就已经胡乱在某个勉强还算阴凉的地方躺下睡着了。

登峰

暮色降临，阿培黎再一次考虑着是否要打道回府。他咂咂舌，感觉自己像白痴似的，因为这么点挫折就想放弃。

想想看，哪怕只有一次，去看看真正的冥灵城堡与宫殿是什么样子，这可是他以前在家想都不敢想的。这份兴奋刺激着他，再次点燃了他的勇气，让他把先前遇到的种种艰苦抛到了脑后。

初生牛犊不怕虎。他仗着这股陡然而起的豪气继续走下去。黎明前，他来到一座大山脚下，仰望山峰，巍峨高耸。他不由自主地生出几分怯意。

不过还是要先睡觉的，他蜷缩到了一块大石背后……

醒来后，他依然清楚，这不是什么容易的事，可还是向上攀爬起来。

"到峰顶可有大甜头，说不定还能在云天中遨游一番呢！"他鼓励自己。

就这样，他手足并用攀爬起来。毕竟，这样的高度全程飞行会更消耗体力，没准飞到一半就会全身无力，坠落山谷。

经过数夜努力，他终于来到山巅。

那一刻，他被"一览众山小"的瑰丽景象深深震撼。

"这里看到的不会是全世界吧？！"他惊喜地向不知名处呼唤着，"还有，还有城堡！"

城堡气派十足地耸立在不远处的大峡谷里，旁边环绕着一圈小碉堡作为城堡的屏障。城堡附近至高处还有两座尖塔，大桥跨越下方的激流，将城堡与尖塔连接，各处灯光汇聚成无数光点，缀在城堡漆黑的外墙上。

谷底大河畔紧邻人类居住的小镇，家家户户都亮着灯，在夜里看去像一片光海。交错纵横的街道是这片光流穿息的海里的一条条轨道，每条轨道之间是更多的光点，明明灭灭。远处灯火因太过密集而晕染成红色，近处则是白色的——它们来自马路上纵横移动的汽车。但阿培黎并不清楚，他只是被这众多灯火的明亮壮观所吸引，不住地环顾四周。

尽管如此，他的喜悦还是慢慢变为失望。他知道，那些灯光属于人类。而对冥灵来说，人类始终是会威胁到他们生存的！

骤喜骤悲的阿培黎坐在山石上伤心地哭着，涕泗横流，一直到所有街道都暗淡下去，变得空空荡荡。他嗓子也哭哑了。好在，许多芜杂思绪终于平息下来。

日出前，他藏身一处小洞穴，缓缓陷入熟睡。

黑暗再次降临，他的勇气又开始退缩。

"白痴，随便看到座城堡都要激动，没见里面住的全是人类吗？嘿，以前还以为全天下只有一座城堡呢。算了，去找别的吧！"他自言自语道。

　　他晃晃脑袋，凭感觉选择了远处另外两座大山之间峡谷的方向，继续前进。

古怪的城堡

阿培黎已经数不清，有多少个夜晚自己一直在外旅行。最初的那个梦想支撑着他。

`终于，某一天晚上，当满月在静谧的苍穹中浮现，他看到一处废弃已久的宫殿沉睡于山峰之间，仿佛久未被打扰，丝毫没有活人气息。

荒凉的景象撩动他的心弦，使他好奇又疑惑，双手微微颤抖。

"我找到啦！"他大喊，自己也不知道为何这样做。

整晚他都在宫殿附近游荡。

窗户上似乎有枪炮留下的弹痕，四野阴沉沉的，听不到任何声音。

尽管如此，直觉告诉他，还是不要过分靠近为好。到处查看时，他也保持着隐身的状态。

看得出这座宫殿曾有四座尖塔，其中的一座塔只剩下残垣，城壕上方有桥与之相通。他没发现除自己以外的其他活物。

没有动物，没有冥灵，也没有人。

他飞到高处的塔尖向下看，以便更确切地了解周围的情况。

远望所见，更为荒凉。

阿培黎又回头看了看来时翻越的山岭、峡谷。

月亮升起来，将这片废墟染上银色，洗涤着那些白日里阳光照耀不到的阴暗角落。北边则能看到林木苍郁的重重山脉。

穿过城墙，以中间一座宫殿为核心，绵长的走廊将周围的小城堡连接在一起。廊外花园虽无花果，仍依稀可见诸般草木。

他发现，这些景物与艾那瑞提到的一模一样。

太阳再次升起，阳光即将穿透围墙。城堡里面暂时还是安静的，没有灯光，异常阴暗。

看起来，他似乎终于找到一座不属于人类的真正的城堡。不过，这是一座废弃的城堡。

喜悦与自豪激荡着他的心，往常这个时候他早就开始犯困了，今天却花了很久的时间，使乱七八糟因兴奋而起的杂念平静下来——他是那么高兴。

最终，他还是迷迷糊糊地睡着了。

"嘻嘻，我很快就会成为宫殿冥灵了！"半醒半睡间，阿培黎嘟哝着，嘴角上翘。

讥讽

　　晚上阿培黎在废墟中醒来时，四周传来各种各样的奇怪声音。门闩吱呀作响，锁链拖动旋转门的哐当声，冥灵的叹气声……他小心推开塔尖——自己睡的暗间，探头打量走廊，迎面撞上一只胖嘟嘟的冥灵——她身罩白布单，头戴厨师帽。

"哪个家伙在这儿鬼鬼祟祟的？难道有谁敢拦我帕琳娜·朋特的路？"她瞪目怒视阿培黎，瞳孔漆黑。

突然，阿培黎感觉似乎有很多冥灵的样子。他没什么底气，乖乖报出自己名字、从哪里来，最后解释他在寻觅的理由。

"这里不是我找的那座宫殿，那里的冥灵可不像你们这样！"他很确定。

圆滚滚的厨师听后爆笑不止，一边笑，一边告诉他，她有一百多年没笑成这样了。

"嗯，变成宫殿冥灵，"她指着阿培黎，"你？哇哈……哈哈……哈哈——"

他渐渐感到自己怒气上升。但现今举目无亲、求援无门，实在不知该如何发作。

胖胖的冥灵大厨一把拉住阿培黎的双臂，把他拖进大厅，用搅拌的长匙敲得桌子梆梆响，大喊道："还在黑黑堡的，大伙都来看哪，有好玩的来喽！"

一时间，城堡里川流不息。冥灵们通通赶来，有的穿墙而过，有的从橱柜、镜子后面走出来，所有方向都有冥灵冒出头来，很快大厅就被挤满了。

"都来看看喽！"朋特招呼着，揪住阿培黎的脖颈，一把将他拎到众人面前。

"好笑吗？ 听着啊，这有趣的小家伙想当官殿冥灵。呵呵，操着一口不知哪个旮旯的方言！还一身土豆味。"她高声吆喝，听上去倒没什么嘲笑的意味，更像是略有点大度的长者拿孩子打趣，并不带恶意。

此事太过离奇，满大厅的冥灵愣了一会儿。待回过神来，好像才听明白，随后便爆发出大笑，声音一波又一波，在宽敞的大厅中久久回荡。阿培黎不明就里，心里直犯嘀咕。

笑声停止后，一位精瘦干练、戴着眼镜，看上去颇有见识的长者冥灵严肃地命令朋特放开阿培黎，他缓缓开口："别理会朋特说的那些浑话。嗯，这里许多冥灵都抱有和你一样的想法，他们在寻找自己憧憬、向往的官殿，渴望成为官殿冥灵。只是，世界上的官殿冥灵变得越来越少，数量加起来，有没有一个贵族人家夏日小木屋里的人数那么多都很难说了。另外，大量贫困冥灵无处栖身，甚至沦落到只能蜗居在人类的废旧车辆里。"

那种境地，阿培黎只是想象一下，都不禁簌簌发抖。尽管他还未理解透彻，什么是"人类的废旧车辆"。

接着，长者冥灵询问起他的出身："城堡由皇室血脉统治。请问，你是来自哪家公爵的旁系分支吗？"

这句话正中阿培黎软肋。他摇摇头，呆呆地盯着地面。

"你叫什么名字？我是内瑞乌斯·多克特罗斯。不过，你和大家一样，叫我普罗法好了。"这位首领人物自我介绍道。

阿培黎有点不情愿地告诉他自己的名字，转过头去。普罗法继续说道："好，阿培黎，是吧？听着，振作起来，别一副垂头丧气的样子！你可以先从服务生开始做起，一步一步来。幸运的话可以晋升，从而负责整理房间、清除蜘蛛网或老鼠洞之类的事务。做这些的同时，你可以学习如何用标准的冥灵语与其他冥灵交谈——边远地区的小语种在这里可不受欢迎。或者，也许你可以先做守夜人的助手？需要晚上起早些，四处巡逻，检查有没有居心不良的冥灵想要混进来或是恶作剧。啊，不……不，你这样的年纪当守卫还是太小了。嗯，厨房杂务也很有趣哦，可以试试去那边……一边工作，一边还能顺手抓些小食物来填肚子，怎么样？那边事情可不少，尤其是要举办宴会或烛光派对的时候，不过最近倒是没什么大活动。再之后……"

普罗法首领的这番长篇大论，很快让本来神情漠然的阿培黎脸色骤变，即使极力隐忍，他也仍是一脸怒气——他凭什么对我指手画脚，我根本没说我想留在这里！

"别的迟些再说，都很容易理解的。"普罗法轻声细语，似乎忽然想起陈年往事，语气略带感喟，"就这样吧，随便哪样都行，选一件你喜欢的开始做。足够努力的话，不怕没有晋升的机会。"

阿培黎越想越害怕——从头到尾，这个普罗法到底是什么意思？什么晋升的机会？这……这都是些什么乱七八糟的，怎么可能是我在找的那个地方？一旦成为宫殿冥灵，不是能够什么都不做吗？至少不应该存在"晋升"之类的事。他不耐烦地环顾四周，心想，得赶紧离开这里，我还急着赶路呢。

他竭力装得老成，不屑一顾："都不可以。我要离开这里，继续找。"

话音甫落，像一枚当量巨大的炸弹爆炸后烟云四散，传来冥灵们此起彼伏的惊呼与交头接耳。

"你恐怕没听懂，"普罗法漫不经心地欣赏着黑黑堡的高墙，依旧慢条斯理地说，"难道你不好奇这里为何聚集如此多的冥灵吗？好好看看这座黑黑堡，从没有冥灵来到这里后还想离开。假使你不信，问问他们，留下来自己观察观察。"

阿培黎二话不说，转身全速飞离。这里不是城堡，不是，绝对不可能。那又有何继续听的必要——他要立刻、马上离开这里。谁知隔那么远，还能听到普罗法低沉而不带感情的声音："实话告诉你吧，门姆统治着这座城堡，没人有资格质疑他的权威。"

阿培黎不知道普罗法说的是不是真的，也不明白自己是怎么回事，突然很害怕，很想回家——跋涉那么久，只得到这样一个不明不白、不算结果的结果，他觉得内心犹如一座毫无前兆便坍塌崩溃的堡垒。他颓败地滑坐到地上，毫无顾忌地哭了出来。

"这就是一切的终点吗？"他卸下伪装已久的勇敢面具，泣不成声。

"别那么伤心哪，我说你。"普罗法神色不改，平静地安慰他，"门姆每天早上要为大家特制黑黑汁，尝过一次就会终生难忘，再也离不开它，再也不想离开黑黑堡了。你很快就会尝到的。还有，记着，在这里的所有冥灵都必须喝黑黑汁，不喝就是叛徒！我们黑黑堡来者不拒，但对叛徒一向都赶尽杀绝，不留余地！对你来说，唾手可得的便宜快乐，何必放弃？"普罗法不再说话，慑人的气势散去一些。然而，这只让他的脸显得更加呆滞、空无一物。

囚徒

　　整晚，阿培黎被种种闻所未闻的恐惧包围。那些冥灵离开以后，他在城堡里左冲右突到天明，寻找进来时的那道门。

　　普罗法没有骗他。如果说空气还有微薄的实体存在感，从那些冥灵散开起，城堡里所有冥灵就集体无视他，不论他走到哪里，都像遇到空气。黑黑堡似乎是一个不停旋转的硕大迷宫，他想尽办法也没能找到出口。

　　打开的窗户外是一堵隐形的软墙。偶尔有冥灵从城堡里向外开枪，声音闷闷的，如同打在棉花上。他又花了一晚时间专门研究这堵墙，却没有发现一丝一毫的缝隙，完整无缺得让他窒息。阿培黎陷入焦虑和痛苦中，强压着想哭的感觉，绝望地徘徊在城堡的围墙下，绕了一圈又一圈。

　　他迫不得已慢慢开始了解这个地方：城堡正中间，

大厅紧挨着走廊的角落,是门姆住的地方,没有冥灵胆敢靠近。诡谲的畏惧总是在阿培黎偷窥那个角落时扼住他,一股强大到恐怖的气息牢牢压制住他的一举一动、一思一念。

第二天早上,负责巡视城堡的黑卫士召集全体冥灵来到大厅,大厅中央已摆好许多盛放黑黑汁的大盘子。门姆慢吞吞地走出他盘踞的漆黑角落,随之而来的是沉甸甸的压迫感,不容反抗,无法挣脱。阿培黎是第一次"见到"门姆出来。所有冥灵都低着头,不敢往那个方向看,只有他壮着胆子,带着畏惧,好奇地抬头瞥了一眼。一眼,只是一眼,他看到一片匀不开的黑,比最浓的墨还要黑。

"黑暗"二字根本不足以形容门姆。他比最阴沉的夜色更黑、更暗,更带有威胁性,更残忍,更能吞噬一切,仿佛一双没有形状的眼睛在审视着一切。除了阿培黎,其他冥灵始终都低着头。一种非自然的沉重压迫感使气氛越来越紧张,谁也不知道,在黑暗尽头盘踞的到底是怎样的存在。

阿培黎慌忙用手盖住自己的眼睛——只是,太迟了！门姆已经发现了他小小的冒犯。

那片黑暗没有轮廓，无声无息，但森冷、威严的命令已借由门姆强大的精神力传输到阿培黎的大脑里，力量波动极具破坏性地冲击他的全身。

阿培黎的身体不再受自己控制，不可抑制地离开队伍，一步步走向大厅中央，用长勺舀好一杯黑黑汁，机械地仰脖喝下去。黑黑汁真的很难喝。酸辣刺鼻的液体刀片一样刮过喉间，像是腐蚀了里面的血管，又像是点燃了一把黑色的火。阿培黎的大脑渐渐空白，双眼所见也变得飘渺而不真实。阿培黎没有看到，他的脸也开始变形，最后和其他冥灵一样呆滞无神、冰冷空洞。他想不起来自己在干什么，记忆中刻骨铭心的人、事、物、景都渐行渐远，记不清到底是些什么。他愈发眩晕、疲倦，"咚"地倒在地面上。昏厥前，他竭力保存仅剩的意识，凝望着天花板上方投下的第一束阳光。

晚上醒来，阿培黎觉得全身散成七零八落的碎片，疲惫不堪，处于一种从未经历过的奇异状态中。他还真切地感受到，自己极度渴望着黑黑汁。

究竟发生了什么？我脑袋怎么糨糊似的，什么都想不起来了？像是全部记得，又一件事都记不清楚。怎么办，怎么办？阿培黎使劲拍打自己的头。

他揪住自己的脖子左转一圈，右转一圈，接着心烦意乱、漫无目的地胡乱摇头晃脑起来。接着他想起普罗法说的："门姆每天早上要为大家特制黑黑汁。只要尝过一次，就会终生难忘，再也离不开它，再也不想离开黑黑堡。"

几乎是穷途末路了。无论如何都一定要找到摆脱这种可怕饮品的办法，哪怕不择手段。再这样饮鸩止渴，绝对会自取灭亡！阿培黎暗自下定决心。

他没有太多思考时间——维奥拉·乌伊赫勒斯大婶，负责培育冥灵绿植的园丁女总管正向他靠近。

"你就是那个新来的，叫什么阿培黎来着，是不是？喂，晃悠什么，你当这里是可以游手好闲的地方吗？所有人，都要为门姆大人服务。啧，本来想把你招进我们园丁组的，可帕琳娜非要让你去厨房那边帮着饮料组，就在地下仓库那边。快去吧，利索些！"维奥拉搓着手喝道，"帕琳娜说什么？有你在，总能发现些新鲜的好笑事。哼，我可听说你是个不请自来的碍事精！"

阿培黎低头朝仓库走去。

背后传来维奥拉的讥讽："呵呵，记着，勤快点！别把那位大厨整得抓狂。"

黑黑汁

厨房很容易找——远远就闻到一股扑鼻的臭气。

"这么臭,是有多腌臜。"阿培黎越想越恐怖。

神思恍惚间,朋特已经站到他面前。

"哟,我们的'宫殿冥灵'来了!嗝,嗝,嗝嗝——"朋特嘎嘎怪笑着。

朋特嬉笑一阵,"咳,咳"清了两声嗓子:"现在去搅拌锅里的汤汁吧。眼睛睁大些,别煮得太沸给溢出来,出了事你自己负责!汤从墨绿变成青黑色,就说明已经煮好,关上火后立马来通知我。明白了吗?"

朋特语气凶狠地命令他。阿培黎点点头。

整整一个晚上,他都不得不在厨房里学习各种杂活。阿培黎迫切渴望能呼吸到新鲜空气,累得上眼皮打下眼皮却无法休息——他必须不停地搅拌那几锅不知何时才能煮好的臭汤。稍有松懈,汤就冒着气泡溢出锅来。

"你是新来的冥灵，叫什么名字呀？我是杰巴。"
阿培黎恍惚听到耳旁有冥灵说话。

站在他身旁的，是一只浑身布满绿色条纹的小冥
灵，和他岁数差不多大，一副游手好闲的样子。

"我听见他们笑你来着，但我并不认同他们仗势欺
人的态度。"

"累不累？"见阿培黎默默不语继续搅拌汤汁，他
问道，"困的话，我藏了些黑黑汁，可以分给你。"他
拍拍角落处一个不起眼的暗格。

"怎么样，要不要来点？对工作很有帮助哦，精神会立刻好起来。别生气，心平气和地喝它效果最好，要不要？"

"我在任何情况下都不想主动喝这种东西。我不像你们那样丧心病狂，将来也不会被你们同化，没义务一次又一次把这臭汁灌进自己的嘴巴！"

"话别说得太死。早先我也这样想，想着城堡里那么多冥灵，总会有例外，可是根本行不通。天知道我自己尝试过多少次！一旦失去黑黑汁就浑身难受。过段时间，你就会跪着求我要了，信不信？"

"我不信。还有你这家伙到底从哪里来的？口音那么重，亏得我还能听懂。"

"斯塔蒂，也有人叫那里赫尔辛基。知道这些管什么用？你又不会一下子就变聪明……好了，等你发现每天早上那些黑黑汁不够喝的时候，就自己难受去吧。我走喽。"

"别走，"阿培黎叫住杰巴，"把瓶子卖给我！"

"哟，改主意啦？就知道我是最会劝人的。有钱吗？这儿所有东西可都是明码实价，赖不得账。"

"我要的不是黑黑汁，是瓶子。卖给我吧，谢谢你。"

"你要它做什么？你不会是像那些吝啬的老人，连瓶子都收集吧？真想不到它还能有派上用场的时候。"

"给我就是了。我妈妈喜欢用空瓶子搭模型，二十个能搭一座小房子呢。"阿培黎解释，同时爽快地递去丽萨织的帽子。

杰巴斜着眼打量着帽子。

"嗯，问题不大。成交。"他说。

他躲到锅炉后，喝光瓶子里剩下的所有黑黑汁，然后将瓶子塞进阿培黎所穿的罩衣衬里。

"好自为之。朋特要是看见，铁定会没收的。"

逃离计划

早晨起来，空瓶子的真正用途浮出水面——轮到阿培黎领黑黑汁时，他装作若无其事地走近锅炉，下定决心一滴都不喝这种特殊的毒药。但他心里依然十分忐忑：计划会成功吗？

他拿起长勺，脑袋尽力贴近，张开嘴。还没饮下，手就开始不听使唤。

阿培黎突然有点退缩——无论如何都想不通，明明是自己发自内心憎恨、鄙弃到极点的东西，怎么一瞬间对它的欲望就达到顶点？整颗心都狂奔乱撞，如此渴望满足。

挣扎了很久，阿培黎终于强迫自己不听话的双手，颤抖着将饮料倒进藏在罩衣下的瓶子里，从侧面看去，就像他刚把黑黑汁喝完。尽管没有真喝，晨曦初露前，他依然迅速陷入沉睡。

晚上醒来他十分欣慰，因为比起前两天，他对黑黑汁的渴求减轻了不少。

午夜无人时，阿培黎偷偷把瓶子里的黑黑汁全倒进了锅炉。

夜复一夜，他搅拌着臭气熏天的黑黑汁，不过他再没有喝过哪怕一口。

当然，对于装出一张和其他人一样呆滞乏味、面无表情的臭脸，阿培黎已经越来越熟练了。

但是，如果你很仔细地察看，阿培黎"假脸"的背后是一个逻辑清晰、机灵勇敢的冥灵。

昼夜按不变的轨迹交替更迭，不问世间诸事。那以后，阿培黎的生活很久都没有任何变化。

"搅拌汤汁其实是挺繁重的体力活呢，即使我学得很快，早已不再需要朋特帮忙，可我开始害怕，再这样下去，我也会变成不靠黑黑汁就坚持不下去的怪物"——他在心里无奈地和自己说。对家乡的思念碾压着他的胸膛，他是那样愧疚当初没有听进马尔提和丽萨发自内心的警告。他第一次知道，愧疚和后悔掺杂在一起，是一种无色但使心房发疼的苦涩。

转眼又是一晚，天色半明半暗，许多事再也无法说清。他的眼角不停地流下泪水，呜咽着进入梦乡，仿佛明天再也没有希望。

几个月过去了，阿培黎觉得自己连最后那点冀盼奇迹发生的痴想也被消磨殆尽了。

黑黑堡里的冥灵像是感觉不到日夜交替，更不在乎被奴役，他们机械地完成所有的工作，毫无怨言。阿培黎想象不出，黑黑堡到底是以怎样的运行机制被控制着，只知道自己的勇气被这一切不停地蚕食，说不准哪一天，自己也会自愿当黑黑堡的奴隶。

"怎么可能破解呢？我真傻，像别人一样天天喝黑黑汁不就好了吗？再也不用这么痛苦、忐忑下去。"郁闷到极点时，这种念头会一闪而过。

可年轻和未经岁月磨损而无法避免的无知，常常会让所有生物平白多出几分固执和莽撞的豪气："不行，绝对不行！一旦那样做，会真的失去所有机会！不管我愿不愿意，都得像其他冥灵那样继续在这里当苦役、做奴隶，那可不是开玩笑的，毒药命令什么，你就得做什么。唉……"

就这样，阿培黎继续着夜复一夜的繁重工作，在黑暗中静候也许会到来的光明。

秘密牢犯

"你以后去监狱那边打杂。"一天晚上，朋特冷不丁地这样命令，"也算是晋升了，自己偷着乐吧。"

"我们这里有监狱吗？以前从没听说过。"

朋特斜着眼，露出几分疑色——突然闪现的希望让阿培黎忘记掩饰他的真实感情，本应呆滞的脸显出一丝生动的喜悦。

"哪来这么多问题？等会儿自己看去！狱长晚些来，领你去楼下回廊大厅。趁我还没改变主意，他一来就乖乖跟他走，少说废话。"朋特不满地威胁着阿培黎，嘴里发出"咕咕嘟嘟"的声音。

狱长上岁数了，身体呈渐变的蓝灰色，比阿培黎高大许多，名叫波尔提莫。他在罩衫外面的腰部箍着个大铁环，上面挂满钥匙。铁环外还有根镶着金属扣的皮带，上面单独挂着另外一把钥匙。他的办公桌上摆着厚厚一本记录监狱在押冥灵的簿册，册子还未合上。阿培黎瞟一眼最上面那一页——上面单独写着一个名字。

"啊，喏，那个，我刚被派到这里，我叫阿培黎。"阿培黎摆出一副空洞无神的样子，声音低沉地自我介绍。

"我是狱长波尔提莫。从今以后，你就是我的下级。"年迈的冥灵用老师教导学生的语气自我介绍道，脸上无悲无喜，静如深潭。

阿培黎还想问几个问题，可终究没有胆量开口。

他咧着嘴角，漫无目的地盯着头顶的蜘蛛网"嗤嗤"地笑，好像真是个反应迟钝的白痴。其实，能不被看穿，他已经很满足了。

波尔提莫观察着他的反应，声音阴沉："你还算不错。给，这是监狱的工帽，工作时要一直戴着。每天早上，你负责往狱里送两份黑黑汁，晚上在门后守着，不让闲杂人等出入。清楚了吗？"他指着工帽严肃命令道。

阿培黎戴上帽子，轻轻飘到波尔提莫指派的那片区域。之后并没有发生什么特别的事，他能远远看到，波尔提莫一直坐在大厅入口的办公桌旁。

清早，阿培黎从厨房取来黑黑汁，回到监狱，波尔提莫从腰间解下一把钥匙递给他："黑黑汁送到后就立刻关上门。"

阿培黎还没打开狱门，里面那只身上布满条纹的冥灵就眼冒红光，迫不及待地伸出手，拿到杯子后，立即"咕咚咕咚"喝得一滴不剩。喝完就闭上双眼，背靠墙壁滑倒在角落，陷入沉睡。

"你叫什么名字？为什么被关到这里来？"阿培黎问。

被关的冥灵根本不理会阿培黎，翻个身嘟囔几句，又睡死过去。阿培黎叹口气。也是，他被囚已久，神志不清，嘴巴暂时还没有喝黑黑汁以外的用途。

"这样绝对不行。"阿培黎十分难过，说不清是不忍，还是别的什么。

第二夜，阿培黎没按规矩办，偷偷把送进去的黑黑汁换成了清水。那冥灵边喝边看他，表情怪异。阿培黎胆战心惊，急忙竖起食指，示意他不要出声。他抬头直视阿培黎的眼睛，摇摇头，又低头把剩下的清水喝完。接着，他依然缩进墙角闷头睡觉。

自此，阿培黎每晚都只送清水。没过多久，条纹冥灵就显得清醒了不少。

"告诉我你的名字吧，你为什么被关起来？"一周后，阿培黎壮着胆子再次问道。

"关你什么事？只管每天送黑黑汁就是！"条纹冥灵脾气暴躁。

"我偏不！你还不明白吗，那不过是让你上瘾、变傻的毒药！"阿培黎瞪眼反驳。

冥灵没说话，盯着他，半晌，终于明白："你没把该给我的那些黑黑汁私吞喝掉吧？"

"哪儿有的事。喂，你别跟别人乱讲，行吗？要不然我就全完了。"阿培黎敏感地环顾四周，小声回答。

梅斯博士

又是几晚过去了，条纹冥灵主动开口："我是，嗯，那个，严格来说，是化学家。我叫梅斯，梅斯博士。全名是马克西米利安·莫尔菲乌斯，不过大家都叫我梅斯。"

"为什么你在监狱这么长时间都没被放出去？所有冥灵都不应该被囚禁啊，大家都要自由自在的才好。"阿培黎打断他。

梅斯耸耸肩："监狱其实是黑黑堡里最舒服的地方，用不着面对外面那些永不散去的黑雾，空气也好些。"他突然生起气来："八竿子跟你打不着的事，那么好奇干什么？我猜猜啊，你是在想怎样才能逃走——做梦去吧！你还年轻，自以为只要努力抗争，所有的事都会圆满结束。不是的。你就是再努力，也不一定能达到目的，何况，有些时候还需要靠天意。我是不信你能战胜黑暗，逃跑成功的。嘿嘿，没可能的事，知道不？你要搞清楚，在这里，黑暗永远都占上风，你那些小九九不过是螳臂当车、蚍蜉撼树、以卵击石，全是些无用功！"

梅斯稍稍调整情绪，怒火仍未熄灭，干涩的喉咙嘶嘶作响："你没想过现在的处境吗？我们不过是城堡里最卑贱的冥灵，说不准只有我们知道黑黑汁不对劲，我们又做不了什么！再说你当初干吗跑到这里来？傻帽，还不拿黑黑汁给我喝！我现在就叫波尔提莫来，看看你这种妄想撼动黑暗的家伙能有什么好下场！"

阿培黎立刻双手穿过栏杆遮住梅斯的嘴，哀求地望着他。

那双眼睛饱含真诚，直盯进梅斯心底深处。

他不耐烦地挥挥手，停止抱怨，再次蜷缩进黑暗的角落。

阿培黎在牢门外想着梅斯说的每一句话。

良久，一个新的念头油然而生——他只是想完成自己的最初梦想，不过以前他不知如何表达。

他摸摸头顶的帽子，心潮澎湃，转身贴着栏杆，语气肯定地说："你说得不对。世界也有平静美好的一面。比如夜晚，就像有谁悄悄给大地盖上了暗色的被子，这并不可怕；比如影子，它们用另一种方式装点色彩斑斓的白天，让这个世界有明有暗，所以也不可怕。没错，与黑暗狭路相逢我也害怕，但我不允许自己把它们当作不可战胜的，更别说我以前不住在这里。我清楚地知道世界并不全是这样的，一旦找到方法，总会有云消雾散的那天。"

黑暗角落里颓废已久的囚徒伛偻着身子，恍惚之间，他的眼睫毛轻轻抖动着，像蝴蝶垂死前用尽最后一丝气力扇动的翅膀。

城堡旧事

　　梅斯的态度有所改变，他开始不时地向阿培黎描述城堡被黑暗吞噬前的样子。

　　很久以前，黑黑堡与妖妖堡一样，也是有冥灵聚居的城堡之一。城堡里的冥灵不算多，但大家很享受聚在一起的时光，并不感到孤单。

　　梅斯博士每天都捣鼓些奇怪玩意，没有哪样是实用的。内瑞乌斯·多克特罗斯，就是现在的普罗法，他长期在图书馆里读书，想要成为世界上最有学问的冥灵。帕琳娜·朋特是城堡主厨，除了平时的简餐，她还会在过节时为大家烹饪各种工序繁杂的鲜香美食。波尔提莫则是城堡巡逻卫队的头儿，也是城堡的总管。园丁维奥拉·乌伊赫勒斯培植出许多有助于冥灵健康的草本植物来榨汁，喝下后身体会散发出清香。还有老烟枪西普鲁斯，别小瞧他，他可是位作曲家，节庆期间演奏的曲子都是他编的，在恰当的时候听到应景的音乐，别提有多舒服了。是啊，那时的气氛很轻松，日子过得慢悠悠的，城堡里的冥灵也很珍惜这一切。早晨临睡前，大家都围坐在火炉旁聊天，聊着聊着就睡着了。过个十天半月，城堡里会有盛大的节日庆典或舞会之类的，许多的外地冥灵也来参加。这样的日子，不知不觉已持续百年有余。

"很快全都变了。都是我的错啊，都是我的错！"第二晚，梅斯苦涩地开始回忆。

"我当时在努力研发能量饮料，因为东塔外墙需要修理，我想着，说不定能帮上忙，大家搬岩石时不用那么费力。我一直心高气傲，没考虑后果，就当真动手调制起来。一旦完成，修东塔自然是小菜一碟。唉，力不足、智不及却恃才傲物，焉有善果？最后，我调制出一种饮料，不过，它却是毒药！"梅斯内疚地合上双眼。

"我们化学家造出新药后，都会自己先试服。第一次喝时，那味道着实难闻，可我也立刻察觉到随之而来的兴奋，感觉浑身都充满力气。我以为终于大功告成，就兴冲冲地分给其他冥灵品尝。大伙儿都很开心，惊羡这饮料的神奇，东塔也没几天就完工了。似乎一切都在往好的方向发展，直到症状渐渐明显——这饮料导致一些冥灵变懒，甚至病倒、卧床不起。我们几乎来不及反应，正计划着修完东塔的善后工作，而诡异的倦怠、神情呆滞就开始出现。还有更糟糕的，我们发现，我们已经离不开这种又苦又毒的饮料。"

"我之前喝时就察觉到，这种饮料强大的力量压迫着服用者的神经，导致他们除了想办法喝更多之外，别的什么都不愿想。"阿培黎总结。

"说实话，我没料到上瘾之外，还有更可怕的灾难降临。一天早晨，我发现有什么东西不对劲，找了一圈才确定是大厅的一个角落持续散发着凛冽的杀气，令人感到恐怖至极。城堡内所有的冥灵都毛骨悚然，似乎里面有个深邃的黑洞，随时准备榨干附近活物的血肉，吸取冥灵身体中天地赐予的所有灵力。从此，没有冥灵敢靠近大厅。我实在难以想象，这一切究竟是如何发生的，那里从前只是一个不起眼的墙角，普通得不能再普通。"

"是门姆，对不对？"阿培黎问。

梅斯颔首叹息，满面忧郁，讲起黑暗是如何掌握大权的。"刚开始我们也不明就里，只是感到畏惧。我们试图逃跑，但门姆在城堡周围设下结界，如一堵无形的墙，谁也穿不过去。很快，我们就能在脑海中听到门姆下达的指令——他说，谁不服从他，他就把谁吃掉。我们被迫肩负起种种难以承受的重担，日复一日，像无休无止的噩梦，谁也不知道黑黑汁背后到底隐藏着怎样的秘密……黑暗也许真的无法战胜。"

　　梅斯开始低声抽泣。

偷取"忆影散"

自从不喝黑黑汁以来，梅斯逐渐恢复了力气。

他开始与阿培黎一起商量如何改变现状："听着，我被关以前也是狱卒。我的大脑暂时还无法完全受我控制，但我隐约记得，我曾试着给普罗法调制'忆影散'来帮他恢复记忆，但愿实验室里还剩下一些。"

阿培黎十分兴奋，立刻收拾包袱，准备在白天所有冥灵睡觉时去取梅斯说的"忆影散"。

梅斯再三警告阿培黎，要小心门姆严格的警卫系统，并为阿培黎详细制定了行动路线，以免他仗着血气之勇误入陷阱。毕竟，照常理讲，门姆无论如何都不会允许任何冥灵轻易靠近实验室这类工作区的，多半会有侍卫看管。

阿培黎打算放手一搏。于是梅斯又详细讲解了一遍行动路线，最后露出饱经沧桑的笑容，祝福他顺利归来。

第二日清早，阿培黎藏在一处黑暗角落，静静等待其他冥灵睡着。

接着，他溜进北面的灯塔底层，梅斯从前的实验室就在那里。很久以前大厅被枪弹打出的痕迹仍历历在目，漏进来的刺眼阳光晃得阿培黎十分难受。

阿培黎奋力抗争着自己的睡意，每一步都饱受煎熬——哪怕只是一点点阳光，也会让意志最坚定的冥灵感到昏昏欲睡。

不过，阳光对潜入的阿培黎也是有好处的——靠近殿门边时，远远就能看到两个侍卫一摊烂泥似的睡死在大厅地毯上，他们站岗的位置恰恰正对着太阳。

阿培黎绕过侍卫来到实验室门口，顿时目瞪口呆。

实验室里一片狼藉，各种物品乱糟糟地堆积成山，遍布整个房间。

他无助地望着眼前的烂摊子：完好无损或被摔碎的小罐、试管七零八落，靠墙的书架差不多空无一物，只剩几个空罐头盒；桌上摆着五花八门的实验用具，数量惊人，其中还有储物罐和小型称重仪；房间角落的箱子里、玻璃罐内更是充满奇异莫名的东西，诸如蝙蝠尾巴、毒蛇唾液、孢子、风干的青蛙卵、毒蘑菇，还有浸在鲜红液体里的鱼眼睛，而旁边堆放着五颜六色的无名药粉，梅斯原来用优雅字体精心写就的标签，大多数已被撕毁或污渍斑斑，字迹难辨。

阿培黎没工夫过眼瘾："不要忘记我来这里是做什么的。"他提醒自己，闭上双眼，回想梅斯的话：需要找到一个密封的八角玻璃罐，里面装有翠蓝色细磨粉末，罐口用橡木塞堵得紧紧的。

尽管物品摆放得毫无规律，阿培黎还是试着按某种顺序小心翼翼寻找起来，最后，终于找到符合梅斯描述的那个八角玻璃罐。

只是，他剩下的时间不多了。

当阿培黎试图离开时，恰逢夕阳渐落。醒来的侍卫一眼就看到他这个入侵者。

"喂！你，站在那儿的！就是你，别跑！你被捕了！"一个侍卫大吼。

"警报！警报！"另一个侍卫接着喊起来，"实验室进了小偷！"

追捕

听到喊声，阿培黎立即切换成"极度透明"状态，倏地飞过守卫头顶，瞬间就躲开了身后的喧哗。接着，他憋足劲从城堡中心笔直穿过去，来到城堡里远离工作区的一处角落。

许多刚睡醒的冥灵揉着眼睛，打着哈欠走出藏身的地方，在大厅走廊四处观望，想知道刚刚发生了什么。

即使已经飞离实验室很远，安全也只是暂时的。阿培黎转念一想，一边在飘飞的途中寻找隐蔽处，一边向大厅飞去——如今，所有的冥灵都聚集在那里，在找到真正稳妥的地方之前，混乱嘈杂的成群冥灵可以暂时掩护他一阵子。

果然，整个大厅很快就沸沸扬扬，冥灵们三五成群互相询问着。那场面，不论紧张气氛的话，比他刚到这里被朋特抓住示众时还热闹。阿培黎借机混入几个冥灵

中，若无其事，装作才起床的样子，表情惊讶地问他们是不是有什么重大变故，随声附和着他们。

危机还没过去——几个趾高气扬的高等侍卫已站在大厅中央，命令所有冥灵肃静。尽管在数量众多的冥灵中立即找到犯人的可能性不大，他们依旧眼珠滴溜溜转着，四处打量，试图在冥灵群中揪出早上的犯人。

"有小偷闯入了实验室！"年龄大些的侍卫眯着眼，表情狰狞地高声宣布。

"现在开始逐个检查。身上被查出违规物品的话，嘿嘿，不管是谁，统统送到门姆大人那里，下场你们是知道的！"

阿培黎心中万分焦急，绞尽脑汁想着怎样才能让八角罐不被发现。

他环顾四周，忽然发现一个身上布满绿色条纹的瘦小冥灵一闪而过，仔细一看，正是之前卖给他瓶子的杰巴。

他连忙飘到杰巴身边，小声耳语："杰巴，求求你，我需要你的帮助。"

"现在这个局面，你想让我帮你做什么？一旦被人发现，够你受的。再说，我也做不了什么。"

"那你就站在这里不动，行不行？我那顶帽子值这个价。你留在这里帮我，再加上原来的瓶子，我们两不相欠。"

杰巴点点头，神情冷漠。

阿培黎尽量做得不引人注目。排在他前面的杰巴搜身快结束时，他装作不小心，身子向前一个趔趄，待站稳时，恰好赶上杰巴被搜完的一刹那，他顺手就悄悄把八角罐装进杰巴腰间的口袋。

阿培黎还没来得及松口气，就轮到他被搜身。侍卫很快就搜出那个装满黑黑汁的瓶子：

"哟呵，这是什么？"侍卫贴近他耳朵，笑得猥琐。

阿培黎恢复平时的呆滞无神，仿佛十分害怕，小声回答："您要的话，请拿走吧。"

侍卫拧开瓶盖，用鼻子嗅了嗅，得意地把瓶子塞进衣袋，挥手示意阿培黎通过检查，嘟囔着走向下一片检查区。

盘查耗时弥久，不知不觉间一晚已过去。快要日出时，门姆传话，命令所有冥灵都立刻睡觉。

阿培黎感觉手里被轻轻塞入了什么东西。他知道是杰巴。正想道谢，杰巴已经远远飞到大厅围墙后面。

阿培黎把八角罐抱着怀里，感到心满意足。他放松下来，再加上头一天没有睡觉，刚一躺下就睡着了。

梅斯的回忆

阿培黎找到的的确是"忆影散"。

梅斯将粉末倒入清水中，调匀后一饮而尽。"希望有所助益吧。"他说，"现在，我们只能先等药粉在我体内发挥作用。"

梅斯渐渐严肃起来，不再一味地消极。"好多记忆真的回来了！药物彻底融入体内需要一些时间。我之前太着急，还怕时间隔得太久，药粉已经变质了，呵呵。"他很高兴，"我已经想起我被关在这里的原因。"

"快说快说！"阿培黎催促梅斯。

"我知道怎样解黑黑汁的毒。"

对阿培黎而言，这可是天大的好消息——一旦成功，黑黑堡里的冥灵都可以恢复正常，再也不用受黑暗统治。至少，他觉得是这样。

抬头间，他发现梅斯的表情突然变得不对劲，嘴里嘀咕个不停，眼神直愣愣的。

"你怎么了？是不是哪里不舒服？"阿培黎双手穿过铁栅，使劲摇着梅斯的肩膀，一脸担忧。

梅斯的脸上露出捉摸不透的笑容。阿培黎凑近他嘴边，勉强听清他说的，不禁更加疑惑。

刚开始，梅斯说的话牛头不对马嘴，继续听下去，阿培黎才意识到，梅斯似乎觉得自己回到了过去并且反应迟钝，甚至察觉不到阿培黎的存在，径自小声讲着遥远的过去，追溯至冥灵历史上古老的卡勒利阿时代——梅斯说，那时他是一位十分年轻的学者，专攻巫医之道，研究草本植物和各种成分复杂的药品，平日里喜欢为周围的冥灵治病疗伤；后来他学有所成，被选为北方大巫祝的助手，救死扶伤的同时，也学习一些简单的预言之术……

梅斯一直絮絮叨叨、旁若无人地自说自话。阿培黎守在他旁边，既好奇又有些不耐烦。不知不觉一晚过去，梅斯才慢慢镇定下来，孩子似的倒头就睡，睡姿四仰八叉的。说实话，阿培黎听得津津有味，但他更想知道，如何才能彻底战胜黑暗。他试过打断梅斯，可梅斯毫不停顿，沉浸于往事中无法自拔。

到了晚上，梅斯又接着上回的话题，讲起他是如何来到黑黑堡的。

"就是这样了。唉，想当初，这里还不叫黑黑堡。对了，你问我什么来着？"又过了很久，梅斯突然清醒过来，用平时说话的声调问阿培黎。

"我在想，是不是把黑黑汁毁掉，或者改变它的药效，我们就能够打败门姆。"

"没那么简单。门姆的统治是绝对的，并不仅仅依靠黑黑汁！你再勇敢，也改变不了这一点。"梅斯说，"你想破坏黑暗，却不考虑成功的可能性，这是一个根本性的错误。你才开始搞破坏，门姆就已经发现，然后他就会把你吞掉，再然后呢？一干二净，什么都没有，连你自己都已经不存在了。惜命的话，你就赶紧忘掉这茬儿。"

"如果连试都没有试过，我将来一定会后悔，我不想那样。所以，哪怕被门姆吃掉，也比现在这种不死不活的状况好得多。"阿培黎表情淡然地凝视着梅斯，语音低沉，每一个字都咬得极为清楚，像服苦役的奴隶背着重物爬山时吃力的步伐，每一步都沉重无比，多多少少透露出阿培黎内心的焦灼。

他已经做出决定——与其委曲求全，还不如豁出去，与黑暗斗争到底。"什么都不做，哪里来的成功？如果您愿意的话，请告诉我应该怎样做；如果不愿意，也请您不要阻拦我，我不会拖累您的！"阿培黎罕见地用了敬语，低下头。

"别一副苦大仇深的样子！你不就是想知道怎么毁掉黑黑汁吗？我可以告诉你，不过回头门姆找你算总账的时候，别跑我这儿来哭鼻子。"梅斯一只眼闭着，另一只冲阿培黎调皮地眨眨。

阿培黎大喜过望，手臂伸过铁栅虚抱住梅斯，像从前在家里那样咧嘴笑着。要不是有铁栅挡着，他多想将梅斯抱个满怀；要不是怕别的冥灵听见，他多想没有顾忌地笑出声来。

解药

　　配制解药需要许多药草。阿培黎负责在城堡花园里一点点采摘，因为一次全部摘完很容易被发现。其实，当初调黑黑汁时用的药草也生长在同一片花圃里，梅斯说，万药同源，分量不同，救命良药也可以变成见血封喉的毒药。当然，阿培黎只能在白天其他冥灵睡觉时去采摘。

梅斯跟他打趣："你现在可真独特，整个黑黑堡，白天除了门姆是睡是醒说不清楚，就你还在活动。"

阿培黎采好草药，隐身从走廊飞往监狱，脑中闪过梅斯的话，心中暖洋洋的。他喜欢这样生动的梅斯，会说会笑，有自己的情感，不像刚见面时那般，只知道喝黑黑汁，不分白天黑夜都在睡觉，浑浑噩噩。

"梅斯，我采来了。"阿培黎靠近铁门，轻轻敲了三下。

梅斯靠近铁栅，接过那把药草。为了避免波尔提莫察觉，阿培黎是从监狱后门通往地上的暗道楼梯口进入的。梅斯看见他飞来的路径，突然想起原来的房屋布局，于是告诉阿培黎，在后门这条路上靠南的角落里，有一道直接通向实验室的暗门。

"这种事你怎么不早说？"阿培黎假嗔，"我之前去取'忆影散'时，差点被门姆吃掉！"

秘密通道没有侍卫，偶尔会有几个干活的冥灵路过。阿培黎利用这条捷径，尽他所能为梅斯找来所需物品。其间他不敢发出任何声响，以防被守卫听到，毕竟通道尽头与工作区守卫岗哨只隔着一堵旧墙。他每次去都提心吊胆，生怕失手掉落什么东西在地上。

一天晚上，梅斯终于调制好了解药。

他们稍稍交流了几个重点后，阿培黎按计划把解药倒进一个小罐，赶在清早集合前，隐身飞到大厅。

安放在大厅正中央地毯上的大锅热气腾腾的，里面装满了新鲜出锅的黑黑汁。

阿培黎向四周扫视一圈，确定没有其他冥灵后，迅速将解药洒进锅里，飞身离开。

很长一段日子没有好好睡过，他一边担心自己坚持不到早上排队领黑黑汁的时候，一边哈欠连天地飞向平时站岗的位置。

一飞进监狱，阿培黎又兴奋得不得了，急于跟梅斯分享他的重大进展："喂，梅斯，快醒醒！等会儿白天再慢慢睡。你做的解药能奏效吗？啊，等不及了，等不及了，真想快点到集合时间，看看其他冥灵喝下去是什么反应。我可再也不想像刚来时那样，被黑黑汁牵着鼻子走了。"阿培黎摇晃着梅斯的胳臂小声说，眼睛闪闪发亮。

一直因为调制解药而缺乏睡眠的梅斯又累又困，提不起精神回答阿培黎的问题，眼皮都不愿抬。

铃声一响，阿培黎就冲向大厅，尽管不知道等待着他的究竟会是什么。

轮到他时，阿培黎颤抖着双手接过上一个冥灵手里的汤勺。投入解药后，黑黑汁的味道还是十分刺鼻。他突然有些害怕，但不管怎样，这次都只能喝了再说。

即使已经过去很久，阿培黎还是能尝出来，这锅黑黑汁的味道和他刚到城堡时喝的一模一样。喝下后，他退到队尾，紧绷着身子，等待那种头晕目眩的感觉来临。可是，直到所有冥灵都领完黑黑汁，他的身体仍然没有反应。

啊，真的没有那种恶心的感觉。阿培黎松了一口气。

他不由自主地佩服起梅斯：博士真是有本事，味道跟以前的一模一样，谁都没发现黑黑汁的药性已经被改掉，喝下去也没什么不良影响。

黑暗的秘密

　　等所有冥灵都倒下昏睡后，阿培黎悄悄溜出队伍，回到牢房，眉飞色舞地跟梅斯讲解药是如何奏效的。

　　"太好了！把你看到的全告诉我。"梅斯也很激动，"他们喝下去后都有些什么反应？"

　　阿培黎表示，谁都没发现黑黑汁被动了手脚，连门姆也没有注意到。"大家都是喝完后就睡着了，跟平时早上没什么区别，所以也观察不到太大变化。我专门盯着几个冥灵看了一会儿，他们的眼睛好像清亮不少；西普鲁斯甚至一边哼着小曲，一边往睡觉的地方走。我来这么久，还从没发生过这种事，所有人都是刚喝下去就马上倒地，昏睡不起。还有朋特，她临睡时简单写下几个菜谱，没写完就已经睡着。可能黑黑汁的毒性太强，一时半会儿解药还发挥不出效用。"

　　"没错。嗯，从你说的来看，解药还是很有用的，而且已经初见成效。"梅斯欣慰地笑着，"对了，我差点忘记跟你说最重要的一件事。其实你说得没错，门姆不是世上最强大的——天生万物，所有生灵都有向往光明的本能。其实有段日子，我也曾像你这样，不计后果，拼命想要打败门姆、战胜黑暗。后来，我终于发现了黑暗的秘密。有一样东西能够影响并与真理产生共鸣，而黑暗再强大，也必须屈从于真理与循环往复的天道秩序。"

"既然如此，为什么你没被门姆吃掉？你当初怎么可以放弃！你为什么不坚持到底？你说的真理到底是什么？我要怎么做才可以摧毁门姆？"阿培黎听后，连珠炮似的抛出一连串的问题。

"镇定些，孩子，"梅斯安慰他，"那件东西就在我身上。"

他转身从地毯下抽出一个小布团。

阿培黎好奇地轻轻解开上面系着的结。

"小心！"梅斯提醒他。

阿培黎吓了一大跳，手里的布团已被打开一半，清澈见底的光在里面像液体一样流动，没有颜色，没有温度，只是亮亮的，刺得他眼睛生疼生疼的。但他能感觉到，这一小片光里蕴含着某种十分柔和的力量，仿佛从亘古之初，它就照耀着这片大地的每一个角落。他突然心软下来，提不起片刻前那些具有攻击性的念头，反而觉得，也许消灭黑暗需要的并不是力量、法器之类的，而是这种既能让黑暗无所遁形，又能够包容黑暗的纯净光亮。

阿培黎双眼被光晃过后什么都看不到，但他能听到梅斯说话的声音："有它帮忙，你才能真正拯救大家。要记住，只靠这片光是不够的，当它与冥冥中不停运转的天道共鸣时，这里的黑暗才能被真正摧毁。"

"天道到底是什么？我什么都不知道，又怎么能让它们产生共鸣？"

"唉，我知道得也不甚清楚，毕竟从前得到这片光的来龙去脉颇为曲折。如今你只能自己想想怎样让它们共鸣，我可以给你提供我所知道的线索。"梅斯非常无奈，"对不起，让你承担这么多。总之，黑黑堡的未来就看你的了。你很勇敢，第一次见面时，我根本想不到你会走到今天。不要有负担，我相信，你一定能找到让它们共鸣的办法。"

久违的光亮

第二日，从早到晚，阿培黎一直焦虑地坐在房梁上，猜想着梅斯所说的能彻底消灭门姆的"共鸣"到底是什么。

站在正义的角度，光明理应战胜黑暗。但现在这样的局面，真理就一定能战胜错误吗？万一自己奉若珍宝的真理被其他冥灵弃若敝屣怎么办？

阿培黎感到进退两难、举步维艰。他毫不怀疑自己所坚信的，即便正确与错误从来都是相对而言，但其他冥灵相不相信，却是他无法控制的。

夜幕降临了，一整天没休息的阿培黎仍无睡意，不安地绕着梅斯的小牢房飘来飘去，暗地里希望梅斯能看在他如此努力的分上，给他一些启示。其实，这次他委实错怪梅斯了，梅斯以前阴差阳错得到那片光，其他事他真的一无所知。

转眼间天光将明，阿培黎依然没找到"共鸣"的办法。

盛满新鲜黑黑汁的大锅已经被抬到大厅中央。上次的解药已用完，杰巴卖给他的瓶子也早已不在他手上。阿培黎明白，他没有思考下去的时间了，放手一搏的时刻已经到来。

现在他正处于劣势，他很害怕，但阿培黎是一个真诚勇敢的孩子。

他小声对自己说："现在我就要去了。不成功，便成仁。"

他深吸一口气，抖擞精神，飞向大厅。

门姆的身子笼罩着黑雾，像往常一样渐渐从角落里浮现、升起。阴森森的雾气越来越密集，所有冥灵都知道，门姆即将现身。

阿培黎大步上前，颇有气魄地挡在门姆与大锅中间。整个大厅一下子鸦雀无声。

所有冥灵都无比害怕，浑身发抖地等待着门姆将这个满身愚勇的小男孩吃得渣都不剩。恐惧侵蚀了他们全身——兔死狐悲，唇亡齿寒，再怎么说，也没有谁喜欢目睹自己的同类被一口吃掉。

"门姆，我有话要跟你说。"阿培黎高声宣布，解开梅斯给他的布团，将光源对准门姆。

所有人意识深处都传来门姆愤怒的咆哮："可怜虫！你是在反抗我的黑暗王国吗？我现在就吃了你！这一星半点光流乃至整个光明，都对你没有任何帮助。我门姆是伟大的黑暗使者，无须害怕你这些小伎俩。"

凭着直觉，一个念头闪电一样划过阿培黎的脑海：不对！门姆在撒谎！他当然是害怕光明的，要不然梅斯也不会在自己的帮助下清醒过来。如果我自己都不相信，又如何救得了别人？当明媚的阳光照耀大地，所有生物都会现出最真实的面貌，潜伏在暗处张牙舞爪的暗影，也不得不在光影的迁移中与阳光融为一体，接受光的洗礼。同样的道理，门姆一定会消失！阿培黎说服自己——这片光是与众不同的，是我与梅斯想要拯救大家的见证。

阿培黎向门姆占据的黑暗角落再走近一步。随着他信心的坚定，他手中对准门姆的那片光似乎愈发明亮。阿培黎清澈的目光直直地射进门姆眼瞳的最深处——门姆眼内并不像他表现出来的那样气急败坏，反而藏着敏感和畏惧，这让阿培黎自信了许多，头脑更加清醒，完全明白了门姆根本不是至高无上且无法摧毁的存在。

他挺直腰杆，贴近门姆，手中的光直直地对准那个角落，清脆的童音带着凉薄荷味席卷大厅里的每一个冥灵："你其实很害怕，对不对？你在撒谎。尽管你是黑暗的使者，但你一样畏惧黑暗本身，不愿面对真实的自己。煌煌青天，凛凛白日，睁开眼睛好好看看你自己，看看周围的一切孰真孰假吧！"

阿培黎喊话的同时也非常紧张。自懂事以来，他从未用这种语气跟比自己年龄大的冥灵交谈过。是的，门姆的确也不是冥灵。

"我要吃了你！"门姆气急败坏、龇牙咧嘴。

可惜，阿培黎不吃这一套了："骗子！你马上就要消失了！大家也都看着……门姆，我现在就证明给你看，你是从一开始就不应诞生的存在。"

阿培黎将布团向门姆甩去，一道金光射下，布团随之爆炸开来，光芒四射，像以前城堡里节庆时点亮过的巨大烟火，周围零星有光屑落下，过了一会儿，又消散在空气中。殿里震惊的冥灵们纷纷用手遮住被这亮光晃得生疼的双眼，来不及看清到底发生了什么——一片光浪中，门姆的身影像倒塌的沙堡一样寸寸崩裂。等他们再一次抬头，那里已经只是一个普通的墙角，紧挨着一条普通的长廊。

阿培黎走近锅炉，用尽全身力气"轰"的一声将它推倒。墨绿色的腥臭液体缓缓浸透大厅的地毯，蜿蜒向殿外洇开去，有的渗入泥土，有的流进地道，一条又一条，像一个墨绿色的巨大怪物倒下时绵软无力的触角。

门姆终于消失了。

他们不必再继续卑微如奴隶，如履薄冰地服侍门姆了。

黑黑汁也已经没有存在的必要了。

大厅里的冥灵都目瞪口呆，不解地看着阿培黎。剧变骤起，他们似乎反应不过来。

气氛凝固的时刻，梅斯冲进来，劈头盖脸就喊："好孩子！你真的做到了！大伙儿，这是值得庆祝的大好事呀，我们都已经数不清憋屈了多少年，现在我们得救啦！"

接下来的一天，大概是黑黑堡历史上最热闹的一天，到处都喜气洋洋的。

梅斯博士向他们讲述了事情原委，大家听后，纷纷来向阿培黎道贺、送礼。身上布满绿色条纹的杰巴找不到礼物送，悄悄把阿培黎交换给他的帽子还了回来。

他们为大厅换上崭新的地毯，绕着城堡举办胜利游行，来回穿梭，接连热闹了一天一夜。刚被解脱禁锢的冥灵们全都兴奋得睡不着觉，急于用狂欢的方式来发泄长久以来的郁结。

黑黑堡里被门姆控制的冥灵们参加完游行后，陆续道别离去。

第二天早晨，堡里只剩下原住民和阿培黎。

普罗法面目和蔼地对他说："真抱歉，那时我们都嘲笑你想要当宫殿冥灵的愿望。"

"没关系，我不在乎的。"阿培黎略显尴尬。

他第一次成为这么多冥灵眼中的英雄，而且还不是在梦里。害羞的同时，面对冥灵们的夸奖，他的自我感觉更是前所未有的良好。

"你不是想成为宫殿冥灵吗？"普罗法继续说道，"这座城堡现在已经是你的了。你可以挑你最喜欢的房间，或是去塔阁里住——北面的塔阁又通风又亮堂，打开窗户还能俯瞰城堡周围的整片森林，极其壮观。你就住那里吧。现在，我们诚恳地邀请你做堡主并为城堡取一个新名字……嗯，阿培黎堡，怎么样？"

普罗法用眼神示意众冥灵鞠躬。接着，他们绕着阿培黎，一边拍着手欢呼万岁，一边跳着奇怪的舞蹈，仿佛一种古老的仪式。

筋疲力尽的阿培黎心满意足地退回塔阁里，轻轻抚摸自己的胸口——到现在，他都不敢完全相信这一切是真的。他的城堡！堡主！

小小冥灵心中那棵生长已久的树，好像终于开出鲜艳的花朵。

他有点茫然，不知道接下来要做什么。

他又有些自豪，好像自己一夜之间长大了。又或者，有一种淡淡的、苍老的感觉——尽管自己还那么年轻。

"看到了吗，我已经成为宫殿冥灵，唔……嗯嗯……嗯，这是真的吗？我真的已经是宫殿冥灵了吗？现在这个样子，算是吗？"他嘟哝着。

来不及想太多，不一会儿，他就在塔阁里那张又大又软的床上沉沉睡去。

"爸爸妈妈，你们一定要来看看我现在的样子。"蒙眬中，翻身时他又无意识地嘟哝了一句。